AF602913

9

CATALOGUE

DES

TABLEAUX MODERNES

DÉPENDANT DE LA

SUCCESSION DE M. P.-L. ÉVERARD

MARCHAND DE TABLEAUX

A PARIS

DONT LA VENTE AURA LIEU

HOTEL DROUOT, SALLES N°s 8 ET 9.

Les Jeudi 31 Mars et Vendredi 1er avril 1881

A DEUX HEURES.

COMMISSAIRE-PRISEUR

Me CHARLES PILLET,

10, rue de la Grange-Batelière.

EXPERTS

M. DURAND-RUEL
1, rue de la Paix.

M. J. HOLLENDER
7, rue des Croisades (Bruxelles).

Chez lesquels se trouve le présent Catalogue.

EXPOSITIONS { PARTICULIÈRE : le Mardi 29 Mars 1881.
PUBLIQUE : le Mercredi 30 Mars 1881.

De une heure à cinq heures.

CONDITIONS DE LA VENTE

Elle sera faite au comptant.

Les acquéreurs payeront en sus des adjudications, *cinq pour cent* applicables aux frais.

Paris. — Typ. Pillet et Dumoulin, rue des Grands-Augustins, 5.

DÉSIGNATION

ACHENBACH

(A.)

1 — Barques de pêcheurs. 4.200

Haut., 63 cent.; larg., 87 cent.

3.000

ACHENBACH

(A.)

2 — Village en Norwège. 3.000

Haut., 68 cent.; larg., 52 cent.

4.000

BAUGNIET

3 — Le Retour à la maison paternelle. 1.620

Haut., 74 cent.; larg., 58 cent.

3.000

BAUGNIET

4 — Le Repentir.

Haut., 74 cent.; larg., 58 cent.

BAUGNIFT

5 — La Toilette.

Haut., 52 cent.; larg., 42 cent.

BIANCHI

(M.)

6 — Les Préparatifs du carnaval.

Haut., 1 m.; larg., 67 cent.

BILLET

(R.)

7 — La Faneuse.

Haut., 48 cent.; larg., 33 cent.

BOLDINI

8 — Le Modèle et le Mannequin.

Haut., 13 cent.; larg., 18 cent.

BRILLOUIN

9 — La Noce de Georges Dandin. 2.100

Haut., 74 cent.; larg., 1 m. 05.
5.000

CASTIGLIONE

10 — Le Concert. 1.650

Haut., 66 cent.; larg., 92 cent.
1.500

CASTIGLIONE

11 — Promenade des Anglais à Nice. 2.550

Haut., 70 cent.; larg., 1 m.,30.
3.000

CASTRES

(E.)

12 — Les Ambulanciers. 620

Haut., 18 cent.; larg., 27 cent.
2.000

CHAVET

13 — Les Fumeurs. 1.020

Haut., 18 cent.; larg., 24 cent.
1.500

CHAVET

14 — L'Artiste.

Haut., 34 cent.; larg., 26 cent.

CLAYS

15 — Marine.

Haut., 73 cent.; larg., 1 m. 10

CLAYS

16 — Calme plat.

Haut., 75 cent.; larg., 1 m. 10.

COROT

17 — Les Deux Sœurs.

Haut., 40 cent.; larg., 48 cent.

COROT

18 — Environs d'Arras.

Haut., 25 cent.; larg., 56 cent.

COROT

19 — Ville-d'Avray.

Haut., 28 cent.; larg., 44 cent.

COROT

20 — Paysage.

Haut., 18 cent.; larg., 14 cent.

COUTURE

(TH.)

21 — Un Pifferaro.

Haut., 45 cent.; larg., 36 cent.

DAUBIGNY

22 — Fécamp. Soleil couchant.

Haut., 77 cent.; larg., 1 m. 40.

DAUBIGNY

23 — Falaises.

Haut., 50 cent.; larg., 78 cent.

DECAMPS

24 — Soldats du prétoire.

Haut., 50 cent ; larg., 35 cent.

DECAMPS

25 — Environs de Smyrne.

Haut., 38 cent.; larg., 57 cent.

DELACROIX

(EUG.)

26 — Intérieur de harem. Pastel.

Haut., 45 cent.; larg., 58 cent.

DENOTER ET STEVENS

(ALF.)

27 — Le Déjeuner remis.

Haut., 80 cent.

DENOTER ET WILLEMS

28 — Le Choix d'une rose.

Haut., 79 cent.; larg., 59 cent.

DETTI

(C.)

29 — Le Porte-étendard.

Haut., 75 cent.; larg., 50 cent.

DETTI

(C.)

30 — Le Poète.

Haut., 46 cent.; larg., 36 cent.

DETTI

(C.)

31 — Le Retour des mariés.

Haut., 24 cent.; larg., 32 cent.

DIAZ

(N.)

32 — Enfants Turcs jouant avec une cage d'oiseaux.

Haut., 44 cent.; larg., 60 cent.

DIAZ

33 — Forêt de Fontainebleau.

Haut., 27 cent.; larg., 41 cent.

DOMINGO

34 — Fatigué d'attendre.

Haut., 60 cent.; larg., 40 cent.

DOMINGO

35 — Le Carnaval.

Haut., 12 cent.; larg., 18 cent.

DOMINGO

36 — L'Hôtel des ventes.

Haut., 41 cent ; larg., 33 cent.

DOMINGO

37 — Le petit Chat.

Haut., 22 cent.; larg., 30 cent.

DOMINGO

38 — Une jeune Femme.

Haut., 74 cent.; larg., 58 cent.

DOMINGO

39 — Les Masques.

Haut., 18 cent.; larg., 24 cent.

DUEZ

(E.)

40 — Au bord de la mer.

Haut., 65 cent.; larg., 32 cent.

DUVERGER

41 — La Rentrée au Couvent.

Haut., 46 cent.; larg., 63 cent.

DUVERGER

42 — Le petit Pompier.

Haut., 32 cent.; larg., 23 cent.

DUVERGER

43 — Le jeune Tambour.

Haut., 32 cent.; larg., 23 cent.

ESCOSURA

(L.-Y.)

44 — La Leçon de musique.

Haut., 37 cent.; larg., 55 cent.

ESCOSURA

45 — Le Duel.

Haut., 55 cent.; larg., 45 cent.

ESCOSURA

(Y.)

46 — Avant la Visite.

Haut., 32 cent.; larg., 23 cent.

ESCOSURA

(L.-Y.)

47 — La petite Tourterelle.

Haut., 21 cent.; larg., 15 cent.

FRÈRE

(ED.)

48 — La Sortie de l'école. 14005

Haut., 88 cent.; larg., 72 cent.

18000

FRÈRE

(ED.)

49 — Les petits Bûcherons. 3160

Haut., 32 cent.; larg., 24 cent.

3500

FRÈRE

(ED.)

50 — Intérieur de cuisine. 950

Haut., 37 cent.; larg., 44 cent.

1500

GALLAIT

(L.)

51 — La Liseuse. 2250

Haut., 1 m. 20; larg., 83 cent.

5000

GEGERFELT

(DE W.)

52 — Coin d'un Boulevard extérieur (effet d'hiver).

Haut., 86 cent.; larg., 1 m. 30.

GÉRARD

(TH.)

53 — Le Premier jour de chasse.

Haut., 80 cent.; larg., 1 m. 20.

GÉRICAULT

54 — Étude.

Haut., 45 cent.; larg., 37 cent.

GÉROME

(TH.)

55 — Caravane au bord du Nil.

Haut., 50 cent.; larg., 80 cent.

GÉROME

(L.)

56 — La Danse des almées. 2,200

Haut., 18 cent.; larg., 29 cent.

4,000

GILBERT

(V.-G.)

57 — Le Marché aux fleurs. 5,600

Haut., 80 cent.; larg., 1 m. 15.

8000

GILBERT

(V.-G.)

58 — Le Marché aux poissons. 3,800

Haut., 87 cent.; larg., 64 cent.

4,000

GOUPIL

(J.)

59 — Incertitude. 1,600

Haut., 60 cent.; larg., 40 cent.

2,000

GOUPIL

(J.)

60 — Sous le Directoire.

Haut., 80 cent.; larg., 63 cent.

GOUPIL

(J.)

61 — Tête de Femme.

Haut., 60 cent.; larg., 40 cent.

GOUPIL

(J.)

62 — Tête de jeune Fille.

Haut., 48 cent.; larg., 34 cent.

HAAS

(J.-L. DE)

63 — Taureaux au pâturage.

Haut., 78 cent.; larg., 1 m.

HEILBUTH

64 — L'Admiration. 5.200

Haut., 92 cent.; larg., 55 cent.

8.000

INDUNO

(J.)

65 — Le Cadeau de Noël. 3.005

Haut., 1 m.; larg., 1 m. 40

8.000

INNOCENTI

66 — Le Chien savant. pas vendu

Haut., 37 cent.; larg., 50 cent.

ISABEY

(EUG.)

67 — Le Duel. 3.550

Haut., 49 cent.; larg., 34 cent.

4.000

ISABEY

(EUG.)

68 — Bateaux de pêche. 2.050

Haut., 40 cent.; larg., 66 cent.

3.000

ISABEY

(EUG.)

69 — La Tempête.

Haut., 48 cent.; larg., 65 cent.

ISABEY

(EUG.)

70 — Barque en détresse.

Haut., 62 cent.; larg., 90 cent.

JACQUET

(G.)

71 — Une Polonaise.

Haut., 1 m. 15; larg., 90 cent.

JACQUET

(G.)

72 — L'Amazone.

Haut., 1 m. 20; larg., 75 cent.

JACQUET

(G.)

73 — Tête de jeune femme.

Haut., 32 cent.; larg., 22 cent.

JAZET

(P.)

74 — Les Francs-tireurs dans la forêt de Fontainebleau.

Haut., 49 cent.; larg., 80 cent.

JONGHE

(G. DE)

75 — Baigneuses.

Haut., 80 cent.; larg., 60 cent.

JONGHE

(G. DE)

76 — La Convalescence.

Haut., 80 cent ; larg., 1 m.

JONGHE

(G. DE)

77 — Femme jouant avec un perroquet.

Haut., 73 cent.; larg., 54 cent.

JONGHE

(G. DE)

78 — Le Perroquet.

Haut., 60 cent.; larg., 50 cent.

KOLLER

(G.)

79 — Charles-Quint chez Fugger.

Haut., 86 cent.; larg., 1 m. 38

LAMBERT

(EUG.)

80 — Chats.

Haut., 45 cent.; larg., 36 cent.

LECONTE DU NOUY

81 — Le Kief du Sherif. 800

Haut., 40 cent.; larg., 65 cent.

2000

LEIBL

(W.)

82 — Pécheuse hongroise. 3650

Haut., 85 cent.; larg., 68 cent.

4000

LÉVY

(ÉMILE)

83 — Le Miroir. 1500

Haut., 76 cent.; larg., 1 m.

3000

LÉVY

(E.)

84 — Jeune Fille arrosant des fleurs. 1400

Haut., 1 m. 10; larg., 78 cent.

800

LÉVY

(E.)

85 — La Charmeuse d'oiseaux. 1000

Haut., 1 m. 18; larg., 83 cent.

3000

MADOU

86 — Les Indiscrets.

Haut., 36 cent.; larg., 38 cent.

MADRAZO

87 — Jeunes Femmes regardant à une fenêtre.

Haut., 72 cent., larg., 58 cent.

MADRAZO

88 — La Lecture.

Haut., 54 cent.; larg., 65 cent.

MAKART

(H.)

89 — Marchande de volailles au Caire.

Haut., 1 m. 15; larg., 85 cent.

MARCHETTI

90 — Promenade en traîneau.

Haut., 34 cent.; larg., 51 cent.

MARCHETTI

91 — La Visite. 3.700

Haut., 25 cent.; larg., 40 cent.

3.500

MEISSONIER

92 — Cavaliers près d'une mare. 7.505

Haut., 10 cent.; larg., 15 cent.

7000

MUNTHE

93 — La Récolte des pommes de terre. 3100

Haut. 1 m., 15; larg. 2 m., 05.

6000

NEUVILLE

(DE)

94 — Un Mobile. 2.190

Haut., 23 cent.; larg., 14 cent.

2000

NITTIS

(DE)

95 — La Patineuse. 9.525

Haut., 56 cent.; larg., 37 cent.

4000

NITTIS

(DE

96 — Promenade au Vésuve.

Haut., 28 cent.; larg., 53 cent.

NITTIS

(DE)

97 — Le Vestiaire.

Haut., 22 cent.; larg., 18 cent.

PALMAROLI

98 — Une Japonaise.

Haut., 45 cent.; larg., 32 cent.

PALMAROLI

99 — Sur la terrasse.

Haut., 45 cent.; larg., 32 cent.

PALMAROLI

100 — La Liseuse.

Haut., 35 cent.; larg., 26 cent.

PASCUTTI

101 — Un Concert.

Haut., 19 cent.; larg., 27 cent.

PASINI

102 — Entrée de mosquée

Haut., 35 cent.; larg., 26 cent.

PASINI

103 — La Chasse aux faucons.

Haut., 33 cent.; larg., 46 cent.

PLASSAN

104 — Les Fiancés.

Haut., 14 cent.; larg., 19 cent.

PLASSAN

105 — La Conversation.

Haut., 26 cent.; larg., 21 cent.

PIOT

(A.)

106 — La Leçon.

Haut., 90 cent.; larg., 70 cent.

PIOT

(A.)

107 — Tête de jeune femme.

Haut., 85 cent.; larg., 65 cent

PIOT

108 — Une Italienne.

Haut., 49 cent.; larg., 38 cent

RICARD

109 — Tête de femme.

Haut., 45 cent.; larg., 36 cent.

ROBERT FLEURY

110 — Épisode du sac de Rome par le connétable de Bourbon.

Haut., 98 cent.; larg., 1 m. 30.

ROSSI

111 — Le Portrait.

Haut., 74 cent.; larg., 61 cent.

ROSSI

112 — Tête de jeune fille.

Haut., 35 cent.; larg., 26 cent

ROUSSEAU

(TH.)

113 — La Mare.

Haut., 26 cent.; larg., 30 cent.

ROUSSEAU

(TH.)

114 — Paysage, effet d'hiver.

Haut., 10 cent.; larg., [illegible] cent.

ROYBET

115 — Le Duo.

Haut., 1 m. 50; larg., 2 m.

ROYBET

116 — Un Porte-étendard.

Haut., 77 cent.; larg., 52 cent.

ROYBET

117 — Un Seigneur. Louis XIII.

Haut., 60 cent.; larg., 38 cent.

ROYBET

(F.)

118 — Un Seigneur.

Haut., 60 cent.; larg., 37 cent.

ROYBET

(F.)

119 — Intérieur de harem.

Haut., 32 cent.; larg., 40 cent.

SAINT-JEAN

120 — Fruits et Gibiers.

Haut., 1 m. 25; larg., 95 cent.

ARY-SCHEFFER

121 — La Bataille de Morat.

Haut., 93 cent.; larg., 62 cent.

SCHREYER

(A.)

122 — Attelage hongrois.

Haut., 80 cent.; larg., 1 m. 50.

SCHREYER

123 — Les Fugitifs.

Haut., 47 cent.; larg., 84 cent.

SIMONETTI

(A.)

124 — La Joueuse de mandoline.

Haut., 31 cent.; larg., 23 cent.

SIMONETTI

125 — L'Indiscrète.

Haut., 34 cent.; larg., 27 cent.

SIMONETTI

(A.)

126 — Une Cour d'auberge.

Haut., 34 cent.; larg., 22 cent.

SIMONETTI

127 — Un Marché à Pesaro.

Haut., 34 cent.; larg., 22 cent.

STEVENS

(ALF.)

128 — La mauvaise Nouvelle.

Haut., 1 m.; larg., 65 cent.

STEVENS

(ALF.)

129 — Désespoir.

Haut., 65 cent.; larg., 47 cent.

STEVENS

(ALF.)

130 — Découragement. 6.020

Haut., 81 cent.; larg., 65 cent.

8.000

STEVENS

(ALF.)

131 — Ophélie. 7.500

Haut., 73 cent.; larg., 52 cent.

10.000

STEVENS

(ALF.)

132 — Méditation. 1180

Haut , 36 cent.; larg., 19 cent.

4000

STEVENS

(A.)

133 — La Lecture. 8.000

Haut., 55 cent.; larg., 44 cent.

6.000

STEVENS

(ALF.)

134 — Mélancolie.

Haut., 26 cent.; larg., 21 cent.

TILL

135 — Le petit Charmeur.

Haut., 1 m., 05; larg., 90 cent.

TOULMOUCHE

136 — L'Oiseau mort.

Haut. 80 cent.; larg., 66 cent.

TOULMOUCHE

137 — Coquetterie.

Haut., 64 cent.: larg., 48 cent.

TOULMOUCHE

138 — Une Lettre intéressante.

Haut., 49 cent.; larg., 58 cent.

TOULMOUCHE

139 — La Rose. 1.280

Haut., 32 cent.; larg., 18 cent.
1.200

TOULMOUCHE

140 — Le Miroir. 1.200

Haut., 32 cent.; larg., 18 cent.
1.200

TOULMOUCHE

141 — La Toilette du matin. 1.350

Haut., 40 cent.; larg., 48 cent.
2.000

TROYON

142 — Animaux au pâturage. 9.200

Haut., 80 cent.; larg., 1 m. 15.
12.000

TROYON

143 — Le Pont. 11.000

Haut., 80 cent.; larg., 1 m. 15.
15.000

MARCKE (VAN)

144 — Le Retour de l'abreuvoir.

Haut., 85 cent.; larg., 1 m. 45.

VERBOECKHOVEN

145 — Moutons au pâturage.

Haut., 1 m. 05; larg., 1 m. 60.

VERBOECKHOVEN

146 — Intérieur d'étable.

Haut., 68 cent.; larg., 55 cent.

VERHAS

(J.)

147 — La petite Bouquetière.

Haut., 92 cent.; larg., 58 cent.

HORACE VERNET

148 — Mazeppa.

Haut., 1 m.; larg., 1 m. 38.

VETTER
(H.)

149 — La Nouvelle. 950

Haut., 35 cent.; larg., 25 cent.
2000

VILLEGAS

150 — Marchand de volailles au Maroc. 9.000

Haut., 54 cent.; larg., 33 cent.
10.000

VILLEGAS

151 — Le Gardien. 2.400

Haut., 53 cent.; larg., 33 cent.
4.000

VILLEGAS

152 — Les petits Baigneurs. 1.100

Haut., 18 cent.; larg., 27 cent.
1.500

VILLEGAS

153 — La Prière des Toréadors. 810

Haut., 45 cent.; larg., 38 cent.
1.500

VOLLON

(A.)

154 — Le Tréport.

Haut., 71 cent ; larg , m. 03.

VOLLON

155 — Le Rouet.

Haut., 1 m., 68; larg., 1 m. 30.

VOLLON

156 — Paysage.

Haut., 88 cent.; larg., 1 m. 15.

VOLLON

157 — Entrée du port au Tréport.

Haut., 51 cent.; larg., 75 cent.

VOLLON

(A.)

158 — Le Buveur.

Haut., 65 cent.; larg., 55 cent.

VOLLON
(A.)

159 — Tête de pêcheur.

Haut., 78 cent.; larg., 62 cent.

VOLLON

160 — Fleurs.

Haut., 90 cent.; larg., 1 m. 18

VOLLON
(A.)

161 — Panier de prunes.

Haut., 60 cent.; larg., 73 cent.

VOLLON
(A.)

162 — Poissons.

Haut., 54 cent.; larg., 74 cent.

VOLLON

163 — Le Tréport.

Haut., 33 cent.; larg., 40 cent.

VOLLON

164 — Marine.

Haut., 24 cent.; larg., 48 cent.

VOLLON

(A.)

165 — Poires.

Haut., 45 cent.; larg., 38 cent.

VOLLON

166 — Un Espagnol.

Haut., 72 cent.; larg., 58 cent.

VOLLON

167 — Tête de jeune garçon.

Haut., 40 cent.; larg., 32 cent.

VOLLON

168 — Un Port de mer.

Haut., 44 cent.; larg., 53 cent.

WEBER

(TH.)

169 — L'Estacade de Blankenberghe. 1.450

Haut., 90 cent.; larg., 1 m. 48.
2000

WEBER

(PH.)

170 — Calais. 1.420

Haut., 80 cent.; larg., 1 m. 35
fin 1000

WEBER

(PH.)

171 — Le Port de Douvres. 1.000

Haut., 60 cent.; larg., 90 cent.
1.500

WEBER

(PH.)

172 — Le Port de Boulogne. 1.000

Haut., 60 cent.; larg., 90 cent.
1.500

WILLEMS

(F.)

173 — L'atelier de l'artiste.

Haut., 90 cent.; larg., 70 cent.

WILLEMS

174 La Jeunesse de Henri IV.

Haut., 1 m. 10; larg., 70 cent.

WILLEMS

(F.)

175 La Visite de la Marraine.

Haut., 1 m.; larg., 78 cent.

WILLEMS

(F.)

177 — La Toilette.

Haut., 49 cent.; larg., 37 cent.

WILLEMS

(F.)

178 — Le Premier lys. 1.920

Haut., 45 cent.; larg., 38 cent.
3.500

WILLEMS

(F.)

179 — La Correspondance. 1.200

Haut., 25 cent.; larg., 22 cent.
2000

WYLIE

180 — Coquetterie. 1.925

Haut., 72 cent.; larg., 51 cent.
3.500

WORMS

(J.)

181 — Première au rendez-vous. 1.450

Haut., 72 cent.; larg., 58 cent.
2.500

ZAMACOIS

(ED.)

182 — La Toilette du Toréador.

Haut., 24 cent.; larg., 18 cent.

ZIEM

183 — Le grand Canal de Venise.

Haut., 53 cent.; larg., 84 cent.

ZIEM

184 — Marine, Coucher du soleil.

Haut., 42 cent.; larg., 62 cent.

ZIEM

185 — Sur l'Adriatique.

Haut., 00 cent.; larg., 67 cent.

www.ingramcontent.com/pod-product-compliance
Ingram Content Group UK Ltd.
Pitfield, Milton Keynes, MK11 3LW, UK
UKHW021954260726
13994UKWH00004B/1745